KB189617

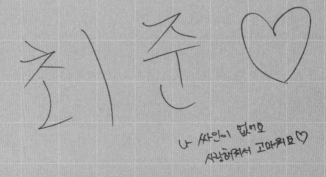

최준 ♡

나 싸인이 없어요
사랑해주셔서 고마워요 ♡

어? 오늘도 예쁘네?

어? 오늘도 예쁘네?

최
준

안녕하세요

어?

이쁘다.

조송해요

제가 너무 서둘렀죠?

나 이런 거 숨기는 거 잘 못해요

당신이 너무 예뻐서

순간 내 머리가 하얘젔잖아

저는 최준이라고 해요.

그리고 이 책은

당신만을 위한

준이의 세레나데예요

- 프롤로그

직업 : 커피를 좋아해서 카페를 운영해요.　　　**나이** : 서른다섯 살

취미 : 노래 부르는 걸 좋아해요.

성격 : 이름이 외자라서 외로움을 많이 타요. 하지만 일과 사랑에는 공
　　　격적인 남자. 그리고 너에게만은 완벽주의자, 로맨티스트.

특징 : 에티오피아, 칠레, 핀란드, 가나 등 여러 나라에서 유학을 했어요.

좋아하는 옷 : 체크 남방. 매일 나 자신을 체크하려는 완벽주의 성향 때
　　　문이에요.

안녕.
최준이에요.

제 이름 외자예요.
외자라서 외로움을 많이 타는 친구죠.

나 너무 기대된다.
원래 사랑은 맞춰가는 거라잖아요.

오히려 난 다른 사람이 좋아.
그래야… 서로 맞춰 가는 재미가 있으니까.

나도 어색해요.
그쪽만 어색한 거 아니야.

부끄러워하지 말아요.
바보.

- #1. 첫 번째 데이트

나 뭐하는 사람 같아요?

나는 카페를 운영해요.

커피를 좋아하는…
그런 사람이죠.

에티오피아에서 유학을 했어요.

철이 없었죠.

커피가 좋아서 유학을 했다는 거 자체가.

어떤 커피 좋아해요?
카페라떼?

부드러운 우유가 들어간
카페라떼 좋아하는구나.

우유 좋아해요?
나도 우유 좋아하는데.

아이러브유.

아이러브유

나 너무 부끄럽다.

당신도 처음,
나도 처음.

처음을 함께한다는 건
언제나 설레는 일이죠.

혹시 취미가 뭐예요?
노래 듣는 거?

준이도 노래 듣는 거 좋아해요.

이리 가까이 와요.
내가 노래 불러줄게요.

귀여워.

웃는 얼굴이 참 예뻐요.
그 누구보다.

자꾸 쳐다보지 말아요.
키스할 뻔했습니다.

아, 미안해요.
내가 너무 공격적이죠.

조금만 이해해줄 수 있어요?

그러면 우리 더,
가까워질 것 같은데.

생각보다 대화가
잘 통하는 것 같아요 우리.

다음번에 보면
더 친해질 수 있을 것 같아.
그쵸?

다음번에는
서로 부끄러워하지 않기로,
약속.

- #2. 두 번째 데이트

까꿍!

많이 놀랐죠.
당신 웃게 해주고 싶었어.

어, 뭐야?
우리, 티를 똑같은 거 입었네요.

프리티.

뭐야. 왜 소리 질러.
부끄러워?

당신 부끄러워하는 거
너무 귀여워.

다음에는 꼭 다른 티 입고 와줘요.
매일 프리티만 입지 말기.

당신, 가지고 있는 티 많잖아요.
큐티, 뷰티, 귀티, 부티.

책으로 데이트하니까
우리 사이에
벽이 느껴지는 것 같아요.

완벽이랄까.

자꾸 쳐다보지 말아요.
고백할 뻔했습니다.

그렇게 뚫어지게 쳐다보면
고백하라고 말하는 것 같잖아.

가까이 와봐요.
나, 당신에게 하고 싶은 말 있어.

더 듣고 싶어?
오늘은 여기까지.

다음엔 내가 직접
귀에 대고 노래 불러줄게요.

나도 선물 줘.
나는 그거 받고 싶어요.

뽀뽀.

내가 먼저 했으니까
당신도 뽀뽀해줘요.

뽀뽀해줘요.

우리,
조금씩 천천히
진도를 맞춰 나가도록 해요.

한 걸음 한 걸음
아장아장 걷기로,
약속.

다음에 또 전화할게요.
잘 자요.

통화하니까 너무 좋다.

- #3. 세 번째 데이트

준이는 당신에게
크리스마스 선물 같은
따뜻한 사람이 되고 싶어요.

핀란드에서 유학을 했어요.
철이 없었죠.

산타가 좋아서
유학을 했다는 거 자체가.

거짓말하기 싫어하는 준이와
너무 닮은 산타.

나는
당신을 위한 선물.

올해 산타 할아버지가 조금 늦어진대요.
왠 줄 알아요?
2주일 동안 자가 격리 해야 된대요.

그래서 내가 먼저 왔어.
준이가 선수 쳤어.
당신한테 내가 먼저 선물 주고 싶어서.

울면 안 돼♬ 울면 안 돼♬
그 눈물도 당신 꺼잖아.
울지 마, 바보야.

나 이런 거 안 해봤어.
사실 어색하고 부끄러워.

난 크리스마스 아니야.
준이는… 크리스머쓱?

그거 알아요?

당신은 약간 방어적이에요.

나는 공격적이고.

하지만 당신의 방어가 나에겐 안 먹혀.
결국에는 나에게 점점 빠져든다는 거.

끝은…
바로 나.
최준이라는 거.

행복하고 싶다면
저를 선택하세요.

모두가 부러워하는
여자가 되고 싶다면
저를 선택하세요.

진짜 사랑을 하고 싶다면,
최준을 선택하세요.

- #4. 네 번째 데이트

오늘 왜 이렇게 힘들어 보여요?

우쭈쭈.

당신, 짐을 좀 내려놔요.
예뻐짐.

나, 당신 힘든 모습 싫어요.

뭐가 그렇게 힘들었어?

준이에게 말해봐.

말하면 다 풀릴 수 있어요.

일이 많이 힘들었구나.
야근하느라.

밥은 냠냠했어요?

바보야, 밥도 안 먹고 뭐하는 거야.
밥을 잘 챙겨 먹어야 건강하지.

그래야 쑥쑥 크지!

쑥쑥 자라야!

그래야!

나랑 더 사랑하지.

바보야.

오늘도 고생 많이 했어요.

토닥토닥.
쓰담쓰담.

그래, 웃으니까 얼마나 좋아.
그렇게 웃어요 항상.

집에 가서 술 한 잔 먹고
피로 싹 풀어야겠다.

내 입술.

피로야, 가라!

당신 웃게 해주려고 이벤트 준비했어요.
요즘 힘든 것 같아서.

나랑 소원 빌어요.
초 앞에 있으니까
당신 너무 예쁘다.

아름다워요.

눈 감고 소원 빌게요.
눈 감아.

올해는 당신이랑
키스하게 해주세요.

꼭.

미쳤나 봐.
나 소원을 말해 버렸어.

나 속마음 숨기는 거 잘 못해.

소원은 말하는 거 아닌데….

못 들은 걸로 해주기로,
약속.

초 같이 불어요.
하나, 둘, 셋!

자, 당신 선물이야.

준이가 당신 선물.

선물 풀어봐.
빨리 풀어봐요.

빨리 나 언박싱해.

선물이라고 아끼는구나?
나 너무 아끼지 말아요.

빨리 나, 언박싱해.

당신이 울면 나 너무 속상해.
Cry하지 말아요.

준이 보며 웃어봐요.
더 웃어.
그래, 되잖아.
되는데 왜 그걸 안 해.

눈물 그만 흘려요.
그 눈물도 당신 꺼잖아.

나. 당신 꺼 사라지는 거
정말 싫어요.

질색해.

우리 같이 불러요.

뭐해. 바보야.
같이 안 부르고.

나 당신이랑 듀엣하려고 그러잖아.
같이 듀엣해.

나 당신이랑 같이
입맞춤하고 싶어.

노래로라도.

우리 같이 듀엣해.

요즘 많이 힘든 거 알아요.

힘든 일이 있을 때도
기쁜 일이 있을 때도
나는 당신 곁에 있을 거야.

난 당신과
그 모든 날을 함께 할 거고요.

비가 오는 걸
막을 수는 없어도
내리는 비를
함께 맞아줄게.

힘든 일이 있어도 함께 할게.

준이 손 잡아요.

이건 너무 기뻐서 흘리는 눈물이야.

울지 말라고 하지 마.

오늘 꼭 피로 풀고
꿀잠 자요.

나랑 약속해.

꿀잠 자기로.
약속.

오늘 너무 즐거웠어요.
당신이 있어서 행복했어.

Have a nice day.

- #5. 다섯 번째 데이트

어쩜 오늘도 이렇게 예뻐?

오늘 데이트도 기다렸어요.

당신과 준이만의
사적이고 은밀하고 재밌는 이야기.

당신 목소리를 들으면서
잠이 들면
너무 행복한 꿈을 꿔.

그래서 일어나면 또 기분이 좋고.

좋은 효과의 선순환.
그게 당신이야.

사랑은 공격적으로.

당신. 오늘은 린스하지 말아요.
린스 여기 있잖아.

당신의 프린스.

나는 왕자님, 당신은 공주님.

공주님, 그거 알아요?
아름다운 사람을 보면
기억을 잃는대요.

그거 알아요?
아름다운 사람을 보면
기억을 잃는대요.

그거 알아요?
아름다운 사람을 보면
기억을 잃는대요.

뭐지?
왜 같은 글이 똑같이 있는 거지?

나, 당신 보고 기억을 잃었나 봐.

당신 사슴이야?
왜 내 마음을
녹용?

- #6. 여섯 번째 데이트

안녕.

나 오늘, 기분 좋아보이죠.

나 빵 먹고 와서
배가 뽀야뽀야 해서
기분 좋아요.

당신도 빵 좋아하잖아. 그죠.

최준 오빵

나는 빵돌이.
당신은 빵순이.
빵야빵야빵야.

나 여심 녹이는 사람 아니에요,
그냥 한 여자만 좋아하는 사람이죠.

당신의 오늘 하루는 어땠어요?

너무 힘들어서 죽는 줄 알았다고요?

왜?
준이 보고 싶어서?

오늘 준이를
하루 종일 보고 싶어 한
당신을 위해서
스페셜한 세레나데를
준비해봤어요.

당신을 괴롭히던 스트레스를
준이의 목소리로
날려버렸으면 좋겠어.

다음에 꼭 준이랑
듀엣곡 불러주기로
약속.

스트레스 날려!

뭘 그렇게 고마워해. 바보야.
당신은 사랑받기 충분하고,
사랑받아야 마땅한 사람이라는 걸
잊지 말아요.

당신은 그냥 가만히 있어
사랑받기만 하면 돼.

- #7. 일곱 번째 데이트

어?

오늘 더 예쁘다.

실제로 보니까
훨씬 더 아름다운 것 같아요 당신.

얼굴에서 막 빛이 나.
눈부셔요.

빛이 너무 많이 나서
태양도 당신한테 질투하겠다.

질투하지 마, 태양아.
질투 금지!

나도 당신을 실제로 보니까
많이 떨려요.

당신만 떨리는 거 아니야.

당신을 만나고 처음 겪는 일이 많아요.
당신 마주 보고
지금도 나 처음으로 깨달았어.

내 심장 소리가 이렇게 큰지.

잠깐만, 내 턱선은 보지 말아요.
반할 수 있습니다.

당신 혹시 별자리가 뭐예요?
내 별자리요?

나는…

당신 옆자리.

어쩜 이렇게
바라보고만 있어도 예쁘지?

너무 신기해.

내 별자리는
당신 옆자리)

- #8. 여덟 번째 데이트

고생 많았어.
여기까지 오느라고.

한동안 열심히 일하느라
많이 지쳤죠.

내가 당신을 위해서
조그마한 자리를 마련해봤어요.
그동안 고생 많았잖아.

기특해.
열심히 산 당신.

밥 먹었어요?

안 먹었지.
거봐.

내가 안 챙겨주면
당신 누가 챙겨줘?

내가 매일 챙겨줘야 되겠네.

어쩜 이렇게 먹는 것도 사랑스러워.

지금 내가 한 말 어땠어요?
달콤했죠?

당신이 단짠 단짠 좋아한다고 했잖아.

그래서 스테이크 짠 거.
내 한마디. 달콤한 거.

사랑해.

당신 눈동자에 건배.

칠레에서 유학을 했어요.
철이 없었죠.
와인이 좋아서 유학을 했다는 거 자체가.

그곳엔 젊은 사람들이
와인을 찾아 사랑을 찾아
많이들 찾아오고는 했어요.
나 역시 그런 사람 중 하나였죠.

근데 난 이제 더 이상
칠레에 가지 않아.

난
당신이랑만
마주
칠레.

준이는
자취하는 남자.
잘 취하는 남자.

나 되게 완벽한 남자 같아.

이렇게 잘 취해서 어떡하냐, 나?
누가 책임져?

어지러워.
더 예쁘다.
오늘은 취해도 돼.

왜 이렇게 당신 쳐다보냐고요?
눈 깜빡이는 시간이 아까워요.
그동안 당신을 볼 수 없을 테니까.

아, 아까워….
또 놓쳤어.
바보….

내가 앞으로 당신 괴롭히는 거
다 막아줄게.

걱정하지 말아요.

어쩜 이렇게 귀여울까?
당신 피부가 뽀야뽀야 해요.

어쩜 말을 이렇게 예쁘게 할까?
귀여운 아기천사 같아.

당신은 너무 예쁜데
안 착해.
내 마음속에
안착.

당신이 상상하는 모든 일이
현실에서 일어나는,
환상적인 매일매일이 되기를….

- #9. 아홉 번째 데이트

나…
당신이 너무 예쁘고 아름다워서
주저앉을 뻔했어.

몰랐죠?

근데 내가 그걸 다 참았어.
그 어려운 걸 준이가 다 해냈어.

진짜 예쁘다.

이렇게 예쁜데
고민하느라고
얼굴 찌푸리고 있었어요?

그러지 말아요.
당신이 힘들어하는 모습 보면
준이가 더 힘드니까.

당신은 그저 웃어요.
힘든 건 준이가 할게.

스트레스 받지 말아요.
건강 해쳐요.

건강이 소중한 게 아니야.
당신이 소중한 거지.

오늘도 고생 많았어.
토닥토닥.
쓰담쓰담.

자꾸 쳐다보지 말아요.
키스할 뻔했습니다.

잘 자요. 웃으면서.
알았어요?

안녕.

준이 꿈 꿔요.

- 에필로그

당신이 있어서
하루하루가 굉장히 설레었어요.

겨울의 눈도 설레었고
봄의 꽃도 설레었고
여름의 따뜻한 공기도 설레었고.

눈을 감고 눈을 뜨는 모든 순간이
다 설레었던 것 같아요.

사랑은 오아시스 같다는 생각이 들어요.
인생이라는 사막을 힘들게 걷고 있을 때
나에게 꼭 필요한,
결국 찾아야만 하는,
없어서는 안 될 것이기 때문이죠.

고마워요.
나의 오아시스.

당신과의 데이트는
준이에게 사랑이란 걸 알려줬어요.

그동안 나는
일방적으로 표현을 하고
한 방향으로만 사랑을 했던 것 같아요.
그런데 당신과의 데이트는
준이에게 사랑을 받는 법을 알려줬어요.

당신과 함께 듀엣곡을 부르던 날이
가장 기억에 남아요.

그냥 아무 생각 없이 노래를 부르고
나도 환히 웃고 있고
당신도 환히 웃고 있고.

별다른 거 하지 않았는데도
그것만으로 행복했으니까.

그저 당신과 함께 한다는 것 자체가
준이에게는 커다란 행복이었죠.

준이 인생에서
가장 찬란한 시간을 만들어주셔서
가장 아름다운 시간을 보내게 해주셔서
너무 감사합니다.

'다시 이런 행복이 올 수 있을까.' 하는
생각이 들 정도로
아주 소중한 시간들이었어요.

아프지 않기로 약속.

밥 잘 먹기로 약속.

잠 잘 자기로 약속.

항상 많이 웃기로 약속.

안녕.

어? 오늘도 예쁘네?

초판 1쇄 인쇄 2021년 8월 16일 **초판 1쇄 발행** 2021년 8월 27일

지은이 최준
펴낸이 이승현

편집1 본부장 배민수
에세이3 팀장 오유미
기획 편집 김소정
디자인 김태수
사진 디렉팅 김태수, 신나은
사진 촬영 한정수
일러스트 하완

펴낸곳 ㈜위즈덤하우스 **출판등록** 2000년 5월 23일 제13-1071호
주소 서울특별시 마포구 양화로 19 합정오피스빌딩 17층
전화 02) 2179-5600 **홈페이지** www.wisdomhouse.co.kr

ISBN 979-11-91766-63-9 03810